월간 내로라

  단숨에 읽을 수 있는 고전 단편을 찾아내고 번역하여 냅니다. 영혼을 울리는 이야기를 좋아합니다.

  힘들고 지친 오늘을 그저 흘려보내고 싶을 때, 가만히 멈춰 설 용기를 낼 수 있기를 바랍니다. 다른 세상의 이야기를 통해 나 자신을 조금 더 깊이 알게 되고, 내가 아는 누군가의 감정에 조금 더 공감할 수 있게 되기를 바랍니다.

  더 나은 사람이 되기 위해 애쓰는 이들이 모여 이야기를 나눌 때, 문화가 생겨나고 더 나은 세상이 열린다고 믿습니다. 더 깊게 다채로워지기를, 더 넓게 자유르워지기를, 간절히 소망합니다.

2021.01.01.
내로라 드림.

월간 내로라 N'202102

한 달에 한 편. 영문 고전을 번역하여 담은 단편 소설 시리즈입니다.
짧지만 강렬한 소설로 독서와 생각, 토론이 풍성해지기를 바랍니다.

원숭이의 손

지은이 윌리엄 위마크 제이콥스
옮긴이 차영지   **우리말감수** 이연수
그린이 정지은   **번역문감수** 강연지, 박서교
보탬이 차재명, 신윤옥, 유지혜, 이진현, 황영엽, 차재왕

초판 1쇄 2021년 1월 20일

펴 낸 곳 **내로라**
출판등록 2019년 03월 06일 [제2019-000026호]
주   소 서울시 은평구 응암동 599-15 #504
이 메 일 naerora.com@gmail.com
홈페이지 naerora.com
인 스 타 @naerorabooks

ISBN: 979-11-973324-0-1

+ 내로라가 기획하고 번역하여 만든 '월간 내로라' 입니다.
  책의 일부/전부를 재사용하려면 반드시 내로라의 동의를 얻어야 합니다.

읽는이:

The
Monkey's
Paw

원
숭
이
의

손

"Be careful what you wish for,

you may receive it."

— Anonymous

"신중히 바라라.
어쩌면 얻게 될지니."
― 작자미상

Table of Contents

Part I 17

Part II 49

Part III 67

차례

제 1 장   17

제 2 장   49

제 3 장   67

저자 소개   92

작품 해석   94

누군가가 나타나 소원을 이루어 준다고 한다면?

도저히 빼앗길 수 없는 일상 속 나의 행복은?

Part I

제 1 장

Without, the night was cold and wet, but in the small parlour of Laburnum villa the blinds were drawn and the fire burned brightly. Father and son were at chess; the former, who possessed ideas about the game involving radical chances, putting his king into such sharp and unnecessary perils that it even provoked comment from the white-haired old lady knitting placidly by the fire.

"Hark at the wind," said Mr. White, who, having

어김없이 춥고 음습한 밤이었다. 하지만 시골 저택의 작은 거실에는 벽난로가 타닥거리며 커튼이 굳게 닫힌 실내를 따뜻하지 비췄다. 화이트 씨는 아들과 체스를 두고 있었다. 극적인 승리를 노리고 몰아붙인 탓에 화이트 씨의 킹은 이미 패배를 벗어날 길이 없어 보였고, 벽난로 옆에서 조용히 뜨개질을 하며 지켜보던 흰머리의 화이트 부인까지도 훈수를 두기 시작한 참이었다.

"바깥 기척은 잘 살피고 있는 게지?"

"네, 그럼요."

seen a fatal mistake after it was too late, was amiably desirous of preventing his son from seeing it.

"I'm listening," said the latter grimly surveying the board as he stretched out his hand.

"Check."

"I should hardly think that he's come tonight," said his father, with his hand poised over the board.

"Mate," replied the son.

"That's the worst of living so far out," balled Mr. White with sudden and unlooked-for violence; "Of all the beastly, slushy, out of the way places to live in, this is the worst. Path's a bog, and the road's a torrent. I don't know what people are thinking about. I suppose because only two houses in the road are let, they think it doesn't matter."

자신의 결정적인 패착을 너무 늦게 깨달아 버린 화이트씨는 적수에게 들키지 않기 위해서 말을 돌렸지만, 아들은 요동없는 단호한 표정으로 체스판을 향해 손을 뻗었다.

"체크-."

"아무래도 오늘은 못 온다고 봐야겠나?" 재빨리 말을 이으며 다음 수를 두기 위해 손을 뻗었지만, 아들의 빠른 답변에 손은 갈 곳을 잃고 말았다.

"메이트."

"최악이군! ㄷ 따위 산간벽지에 사니까 그런 게지!" 화이트 씨는 참아왔던 분노를 터트리고 말았다. "우리가 살았던 모든 곳 중에 여기가 가장 끔찍해! 최악이었던 진흙탕 중에서도 말이야! 길거리는 수렁이고 도로는 진창이잖아. 아니, 다들 무슨 생각인 거야? 이 도로에 사람 사는 집이 단 두 곳뿐이라고, 아무래도 상관없다는거야?!"

"아들. 아버지 말은 신경 쓰지 마." 볼멘소리에 부인

"Never mind, dear," said his wife soothingly; "perhaps you'll win the next one."

Mr. White looked up sharply, just in time to intercept a knowing glance between mother and son. The words died away on his lips, and he hid a guilty grin in his thin grey beard.

"There he is," said Herbert White as the gate banged too loudly and heavy footsteps came toward the door.

The old man rose with hospitable haste and opening the door, was heard condoling with the new arrival. The new arrival also condoled with himself, so that Mrs. White said, "Tut, tut!" and coughed gently as her husband entered the room followed by a tall, burly man, beady of eye and rubicund of visage.

"Sergeant-Major Morris," he said, introducing

이 부드럽게 달래고 나섰다. "여보. 다음번게는 분명 당신이 이길 거예요."

부인과 아들은 비밀스럽게 눈짓을 주고받았다. 하지만 화이트 씨의 날카로운 눈동자가 그 모습을 보았고, 그의 입가에 맴돌던 불평불만이 사그라들며 회색 수염 위로 죄책감 어린 미소가 걸렸다.

쿵, 하고 대문이 닫혔고, 곧이어 현관으로 향해 오는 묵직한 발소리가 들렸다. 아들, 허버트 화이트는 아버지를 바라보았다. "오신 것 같은데요."

화이트 씨는 환대의 미소를 머금고 다급하게 자리를 박차고 일어나 문밖으로 나갔다. 그는 문을 향해 걸어오는 이에게 조의를 표했고, 방문객은 자신 역시 유감이라 답했다. 부인은 '쯧쯧' 하고는 갑작스러운 남편과 손님의 입장에 가벼운 기침을 뱉으며 모른 척했다. 방문객은 붉은 혈색과 번뜩이는 눈을 자랑하는 거구의 남자였다.

"인사해. 부대 선임부사관, 모리스 상사님이야."

him.

The Sergeant-Major shook hands and taking the proffered seat by the fire, watched contentedly as his host got out whiskey and tumblers and stood a small copper kettle on the fire.

At the third glass his eyes got brighter, and he began to talk, the little family circle regarding with eager interest this visitor from distant parts, as he squared his broad shoulders in the chair and spoke of wild scenes and doughty deeds; of wars and plagues and strange peoples.

"Twenty-one years of it," said Mr. White, nodding at his wife and son. "When he went away he was a slip of a youth in the warehouse. Now look at him."

"He don't look to have taken much harm." said Mrs. White politely.

인사를 나누기 바쁘게 집주인은 분주히 움직였다. 그들이 손님을 위해 위스키와 잔을 꺼내고, 작은 구리 주전자를 난로에 올리는 동안, 모리스 상사는 난로 옆 의자에 앉아 그 분주한 모습을 기껍게 바라보았다.

　세 번째 잔을 비워 낸 후에야 상사는 눈을 번뜩이며 이야기를 풀어나가기 시작했다. 의자에 기대었던 널찍한 어깨를 더 곧게 펴며, 사나운 야생이나 용맹한 업적, 그러니까 전쟁과 전염병과 이국의 낯선 사람들에 관한 이야기를 늘어놓았다. 가족은 단란하게 그를 둘러싸고 앉아 신비로운 경험담을 열렬히 경청했다.

　"무려 21년이나!" 화이트 씨가 뿌듯한 표정으로 부인과 아들을 바라보았다. "떠나기 전에는 어린 티를 겨우 벗은 청년이었다네. 그런데, 지금의 모습을 좀 보시게!"

　"그러게요. 멀쩡히 돌아오셔서 정말 다행이에요." 화이트 부인이 공손하게 거들었다.

　"나도 언젠가 한 번은 인도에 가 보고 싶네. 뭐, 그냥 둘러보러 말이야."

"I'd like to go to India myself," said the old man, "just to look around a bit, you know."

"Better where you are," said the Sergeant-Major, shaking his head. He put down the empty glass and sighing softly, shook it again.

"I should like to see those old temples and fakirs and jugglers," said the old man. "What was that that you started telling me the other day about a monkey's paw or something, Morris? "

"Nothing." said the soldier hastily. "Leastways, nothing worth hearing."

"Monkey's paw? " said Mrs. White curiously.

"Well, it's just a bit of what you might call magic, perhaps." said the Sergeant-Major offhandedly.

His three listeners leaned forward eagerly. The visitor absentmindedly put his empty glass to his lips and then set it down again. His host filled it for

상사는 고개를 저었다. "거긴 여기에 비할 곳이 못 됩니다." 그는 잠시 생각에 잠긴 듯 빈 잔을 내려다보며 얕은 한숨을 내쉬었다. 그러고는 다시 고개를 저었다.

"하지만 이 두 눈으로 직접 보고 싶네. 오래된 사원들이나 길거리 수도승, 그리고 곡예사들까지도 말이야. 그리고, 예전에 자네가 말했던 게 뭐였지? 원숭이의 손인가 뭔가 하는 그거?"

"아…" 군인의 목소리가 다급했다. "아무것도 아닙니다. 들을 만한 가치도 없는 이야기예요."

"원숭이의 손이요?" 미심쩍은 반응에 부인의 호기심이 동했다.

"뭐, 조금은 요술 같다고 할 수도 있겠군요."

군인의 자조적인 답변에도 세 청중은 몸을 앞으로 기울이며 열렬히 경청했다. 이야기꾼은 무의식중에 이미 비어 버린 잔을 들어 입가로 가져갔다가 다시 내려놓았고, 화이트 씨는 곧바로 잔을 다시 채워 주었다.

"겉으로 보기에는," 군인은 주머니를 더듬거렸다. "그

him again.

"To look at," said the Sergeant-Major, fumbling in his pocket, "it's just an ordinary little paw, dried to a mummy."

He took something out of his pocket and proffered it. Mrs. White drew back with a grimace, but her son, taking it, examined it curiously.

"And what is there special about it?" inquired Mr. White as he took it from his son, and having examined it, placed it upon the table.

"It had a spell put on it by an old Fakir," said the Sergeant-Major, "a very holy man. He wanted to show that fate ruled people's lives, and that those who interfered with it did so to their sorrow. He put a spell on it so that three separate men could each have three wishes from it."

His manners were so impressive that his hearers

저 평범한 동물의 손 같지요. 미라처럼 말라 비틀어진 작은 손이요."

그는 주머니에서 비쩍 마른 검은 동물의 손을 꺼내 들었다. 화이트 부인이 얼굴을 잔뜩 찌푸리며 뒤로 물러나자 허버트가 흥미롭다는 듯 집어 들었다.

"그냥 평범한 미라가 아닌가 보지?" 허버트에게 물건을 건네받은 화이트 씨는 조심스럽게 관찰한 후에 다시 테이블 위에 올려놓았다.

"늙은 수도승의 주술이 걸려 있어요. 작은 마을 주민들이 신처럼 모시던 사람이었죠. 그는 인생이란 운명이 이끄는 것이고, 거역하려 하면 참담한 결과를 초래한다는 것을 보여 주고자 했어요.' 이야기하는 군인의 표정이 농담기 없이 진지했다. "여기에 걸린 주술은, 세 사람이 각자 세 개의 소원을 빌 수 있게 해 주는 것입니다."

무척이나 진지한 그의 표정 탓에 가족들은 아주 작은 실소라도 터져 나와 그의 감정을 상하게 하는 일이

were conscious that their light laughter had jarred somewhat.

"Well, why don't you have three, sir? " said Herbert White cleverly.

The soldier regarded him the way that middle age is wont to regard presumptuous youth. "I have," he said quietly, and his blotchy face whitened.

"And did you really have the three wishes granted? " asked Mrs. White.

"I did," said the Sergeant-Major, and his glass tapped against his strong teeth.

"And has anybody else wished? " persisted the old lady.

"The first man had his three wishes. Yes," was the reply. "I don't know what the first two were, but the third was for death. That's how I got the

없도록 주의했다.

허버트는 장난기를 억누른 채 퍽 진지한 말투로 물었다. "상사님이야말로 이 위대한 부적의 힘을 빌려 보시지 그랬어요?"

군인은 허버트를 바라보았다. 젊은이의 무모함을 바라보는 나이 든 남자의 눈빛이었다. "했었지." 술기운에 발갛게 달아올랐던 군인의 얼굴이 희게 질렸다.

"진짜로, 소원이 이루어졌나요?" 부인이 물었다.

"네." 상사가 담담히 답하며 잔을 들었다. 단단한 치아에 술잔이 부딪치는 소리가 거실에 잔잔히 메아리쳤다.

"소원을 빈 사람이 더 있었나요?" 질문을 하는 부인의 목소리가 집요했다.

"네. 첫 주인도 소원을 이루었습니다. 처음 두 개의 소원은 뭐였는지 모릅니다만, 마지막 소원은 자신을 죽여 달라는 것이었습니다. 그래서 이 물건이 제 손으로 들어오게 된 것이죠."

paw."

His tones were so grave that a hush fell upon the group.

"If you've had your three wishes it's no good to you now then Morris," said the old man at last. "What do you keep it for?"

The soldier shook his head. "Fancy I suppose," he said slowly. "I did have some idea of selling it, but I don't think I will. It has caused me enough mischief already. Besides, people won't buy. They think it's a fairy tale, some of them; and those who do think anything of it want to try it first and pay me afterward."

"If you could have another three wishes," said the old man, eyeing him keenly, "would you have them?"

"I don't know," said the other. "I don't know."

낮은 읊조림이 공기 중에 묻히고 정적이 덮쳤다.

"자네는 이미 세 가지 소원을 다 빌었다면서. 그럼 어 건 제 몫을 다한 게 아닌가. 왜 아직도 가지고 있는 거지?"

"글쎄요…. 소유욕일까요." 느릿하게 덧붙이며 군인은 고개를 저었다. "팔아 버릴까 생각한 적도 있는데, 그건 못 할 것 같습니다. 이놈의 술수에는 충분히 놀아난 것 같거든요. 게다가, 사겠다는 사람도 없을 것 같고요. 소원을 들어준다는 동화같은 이야기를 믿는 사람도 거의 없을뿐더러, 믿는 사람이 나타나도 소원을 먼저 이룬 다음 돈을 주겠다고 할걸요."

"만약 자네가 소원 세 개를 더 빌 수 있다면 말이야." 화이트 씨의 집요한 눈빛이 군인을 향했다. "다시 소원을 빌 텐가?"

"하…. 글쎄요." 그가 답했다. "글쎄요…."

군인은 원숭이의 손을 자신의 엄지와 검지로 짚고 한동안 달랑달랑 흔들며 고심했다. 그러더니 벽난로의 불

He took the paw, and dangling it between his forefinger and thumb, suddenly threw it upon the fire. White, with a slight cry, stooped down and snatched it off.

"Better let it burn," said the soldier solemnly.

"If you don't want it Morris," said the other, "give it to me."

"I won't." said his friend doggedly. "I threw it on the fire. If you keep it, don't blame me for what happens. Pitch it on the fire like a sensible man."

The other shook his head and examined his possession closely. "How do you do it? " he inquired.

"Hold it up in your right hand, and wish aloud," said the Sergeant-Major, "But I warn you of the consequences."

"Sounds like the 'Arabian Nights'," said Mrs.

길 속으로 확 던져 버리고 말았다. 그 순간, 화이트 씨가 탄식하며 몸을 날려 불 속에 던져진 그것을 구해 냈다.

"태우는 게 좋을 겁니다." 군인이 충고했다.

"모리스. 자네에게 쓸모없는 물건이라면, 나에게 주게나."

"그럴 수 없습니다." 군인은 완강히 거절했다. "저는 분명 불 속으로 던졌습니다. 그러니 무슨 일이 일어나든 나를 원망하지 마십시오. 이성적으로 생각하십시오. 사라져야 마땅한 물건입니다."

화이트 씨는 이제 자신의 것이 된 물건을 가까이서 관찰하며 물었다. "소원은 어떻게 비는 거지?"

"오른손에 치켜들고 큰 소리로 소원을 외치시면 되지만…." 군인은 충고를 거듭했다. "저는, 분명히 경고했습니다.'

"무슨 '아라비안나이트'에 나오는 이야기 같네요." 화이트 부인이 저녁 식사를 준비하기 위해서 방을 나서

White, as she rose and began to set the supper. "Don't you think you might wish for four pairs of hands for me."

Her husband drew the talisman from his pocket, and all three burst into laughter as the Sergeant-Major, with a look of alarm on his face, caught him by the arm.

"If you must wish," he said gruffly, "wish for something sensible."

Mr. White dropped it back in his pocket, and placing chairs, motioned his friend to the table. In the business of supper the talisman was partly forgotten, and afterward the three sat listening in an enthralled fashion to a second installment of the soldier's adventures in India.

"If the tale about the monkey's paw is not more

며 흥얼거렸다. "바쁜 나를 위해 내 손이 여덟 개가 되도록 빌어주는 건 어때요?"

화이트 씨가 원숭이의 손을 주머니에 넣었다가 다시 꺼내어 자랑하듯 들어 올리자, 세 식구는 웃음을 터트렸다. 모리스 상사만이 잔뜩 굳어진 얼굴로 화이트 씨의 팔을 움켜잡았다.

"꼭 소원을 빌어야겠다면," 군인의 목소리가 거칠었다. "제발, 신중히 생각하고 비십시오."

화이트 씨는 그것을 주머니에 쑤셔 넣었다. 그러고는 자리를 옮겨 오랜만에 만난 친구를 저녁 식사 자리로 초대했다. 먹고 마시는 동안 원숭이의 손은 네 사람의 기억에서 사라진 것 같았고, 식사를 마친 후에 세 사람은 다시 군인의 주변에 모여앉아 못다 끝낸 그의 인도 모험기에 다시금 빠져들었다.

허버트는 마지막 기차를 타기 위해 떠나는 손님을 배웅하고 돌아와 부모님을 향해 능청스럽게 외쳤다. "와,

truthful than those he has been telling us," said Herbert, as the door closed behind their guest, just in time to catch the last train, "we shan't make much out of it."

"Did you give anything for it, father? " inquired Mrs. White, regarding her husband closely.

"A trifle," said he, colouring slightly. "He didn't want it, but I made him take it. And he pressed me again to throw it away."

"Likely," said Herbert, with pretended horror. "Why, we're going to be rich, and famous, and happy. Wish to be an emperor, father, to begin with; then you can't be henpecked."

He darted around the table, pursued by the maligned Mrs. White armed with an antimacassar.

Mr. White took the paw from his pocket and eyed it dubiously. "I don't know what to wish for,

저 사람이 떠들어 댄 다른 이야기들을 듣고 나니, 무슨 소원이든 막 빌고 싶어지는걸요. 무엇을 빌어도 전혀 이뤄지지 않겠어요!"

"여보. 뭐라도 보답을 했나요?"

"아주 약간." 화이트 씨는 얼굴을 붉혔다. "근데 받지 않았다오. 그래서 돌려주려고 했는데, 그것도 받지 않겠다며 던지고 가 버렸소."

"그럴 수가!"

허버트는 마치 겁에 질린 척 과장된 연기를 선보였다. "이제 우리, 막 유명해지고 재벌이 되어서 행복해지겠네요! 아버지! 황제가 되고 싶다고 빌어요. 어머니 등쌀에 못 이겨 죽기 전에요!"

의자 덮개로 무장한 부인이 낄낄 웃어대는 아들의 뒤를 쫓았고, 아들은 약을 올리며 식탁 뒤로 도망쳤다.

"솔직한 심정으로는, 아무런 소원도 떠오르지 않아." 둘의 추격전을 바라보던 화이트 씨가 주머니에서 그것을 꺼내어 오묘한 표정으로 바라보았다. "더는 바랄 것

and that's a fact," he said slowly. "It seems to me I've got all I want."

"If you only cleared the house, you'd be quite happy, wouldn't you!" said Herbert, with his hand on his shoulder. "Well, wish for two hundred pounds, then; that'll just do it."

His father, smiling shamefacedly at his own credulity, held up the talisman, as his son, with a solemn face, somewhat marred by a wink at his mother, sat down and struck a few impressive chords.

"I wish for two hundred pounds," said the old man distinctly.

A fine crash from the piano greeted his words, interrupted by a shuddering cry from the old man. His wife and son ran toward him.

"It moved," he cried, with a glance of disgust at

없이 행복한 것 같거든."

"이 집 대출을 다 갚으면 행복하지 않겠어요? 안 그래요, 아버지?" 허버트가 다가와 그의 어깨에 손을 얹었다. "소원으로 200파운드만 달라고 해 봐요. 밑져야 본전이잖아요."

수줍게 그것을 치켜든 화이트 씨는 자신이 허무맹랑한 미신을 믿고 실천에 옮기고 있다는 생각에 약간은 부끄러워졌다. 그런 속 마음을 눈치챈 허버트는 어머니를 향해 장난스럽게 눈짓하고는, 경건한 표정을 연기하며 피아노 앞에 앉아 웅장한 화음을 연주했다.

"내 소원은 200파운드야!"

커다랗게 내던져진 소원이 공기 중에서 피아노 연주와 어우러졌다.

"으악! 움직였어!!!"

화이트 씨의 고함에 연주는 갑자기 끝이 났다. 부인과 아들이 질겁한 그를 감쌌다. 그는 바닥에 떨어진 그것을 혐오스럽게 바라보며 소리쳤다. "소원을 말하는 순

the object as it lay on the floor. "As I wished, it twisted in my hand like a snake."

"Well, I don't see the money," said his son, as he picked it up and placed it on the table, "and I bet I never shall."

"It must have been your fancy, father," said his wife, regarding him anxiously.

He shook his head. "Never mind, though; there's no harm done, but it gave me a shock all the same."

They sat down by the fire again while the two men finished their pipes. Outside, the wind was higher than ever, and the old man started nervously at the sound of a door banging upstairs. A silence unusual and depressing settled on all three, which lasted until the old couple rose to retire for the rest of the night.

간, 내 손 안에서 꿈틀거렸다고! 뱀처럼!"

"음…. 근데 돈은 안 보이네요." 허버트가 그것을 집어 들고 테이블 위에 올려놓으며 어깨를 으쓱했다. "저는 영영 보지 못할 것도 같고요?"

"긴장해서 그렇게 느껴졌을 수 있어요." 부인이 걱정스러운 눈빛으로 어깨를 쓸어 주며 위로했다.

그는 고개를 절레절레 흔들었다. "되었소. 뭐, 손이 다치거나 한 건 아니니까. 근데 진짜 깜짝 놀랐다고."

단란한 가족은 다시 벽난로 앞에 모여 앉았다. 두 남자는 담배를 태웠다. 밖에는 거친 바람이 세차게 불고 있었다. 화이트 씨는 잔뜩 예민해져서 위층 문이 바람에 퉁탕거리는 소리가 들릴 때마다 몸을 움찔거렸다. 으스스한 공기가 거실에 내려앉았다. 어색한 정적이 계속되었다. 노부브가 잠자리에 들기 위해 의자에서 몸을 일으킬 때까지.

"분명히 커다란 가방에 현금이 가득 든 채로 아버지 침대 위에 올려져 있을 거예요." 허버트가 우스갯소리

"I expect you'll find the cash tied up in a big bag in the middle of your bed," said Herbert, as he bade them goodnight, " and something horrible squatting on top of your wardrobe watching you as you pocket your ill-gotten gains."

He sat alone in the darkness, gazing at the dying fire, and seeing faces in it. The last was so horrible and so simian that he gazed at it in amazement. It got so vivid that, with a little uneasy laugh, he felt on the table for a glass containing a little water to throw over it. His hand grasped the monkey's paw, and with a little shiver he wiped his hand on his coat and went up to bed.

를 하며 밤 인사를 건넸다. "부디 옷장 위를 보지 마시길. 무시무시한 무언가가 쭈그리고 앉아서 아버지가 부정하게 얻은 돈을 챙기는 걸 두 눈 똑똑히 뜨고 지켜볼 테니까요."

  부부가 떠나고 허버트는 깜깜한 거실에 혼자 남아 벽난로의 불꽃을 멍하게 바라보고 있었다. 놀랍게도, 불꽃 속에서 여러 얼굴이 떠올랐다. 마지막 얼굴은 무척이나 끔찍한 원숭이의 형상을 하고 있었다. 그 이미지가 시간이 갈수록 더욱 생생해져서, 허버트는 그 얼굴이 사라지기를 바라며 식탁 위에 놓인 컵을 들어 불길 위로 물을 쏟아 버렸다. 그리고 손을 뻗어 컵 옆에 올려져 있던 원숭이의 손을 움켜잡자, 온몸에 오한이 까슬까슬 도는 것만 같았다. 허버트는 그것을 잡았던 자신의 손을 겉옷에 쓱 닦아 내고는 그의 방으로 향했다.

Part II

제 2 장

In the brightness of the wintry sun next morning as it streamed over the breakfast table he laughed at his fears. There was an air of prosaic wholesomeness about the room which it had lacked on the previous night, and the dirty, shriveled little paw was pitched on the sideboard with a carelessness which betokened no great belief in its virtues.

"I suppose all old soldiers are the same," said

가족들이 둘러앉은 식탁 위로 겨울의 아침 햇살이 쏟아졌다. 화이트 씨는 새삼 두려움에 사로잡혔던 어제의 자신이 우습게 느껴졌다. 거실에는 지난밤에 흔적도 찾아볼 수 없던 평범하고 평화로운 공기가 가득했고, 원숭이의 손은 거실의 찬장 속에 처박혀 있었다. 마치 그 누구도 소원을 들어준다는 그 말을 진지하게 받아들이지 않는다는 사실을 증명이라도 하는 것처럼.

  "군인들도 나이를 먹으면 다 똑같아지는가 봐요. 우리도 참! 터무니없는 소리에 저녁 내내 열광하다니. 요

Mrs. White. "The idea of our listening to such nonsense! How could wishes be granted in these days? And if they could, how could two hundred pounds hurt you, father?"

"Might drop on his head from the sky," said the frivolous Herbert.

"Morris said the things happened so naturally," said his father, "that you might if you so wished attribute it to coincidence."

"Well don't break into the money before I come back," said Herbert as he rose from the table. "I'm afraid it'll turn you into a mean, avaricious man, and we shall have to disown you."

His mother laughed, and following him to the door, watched him down the road; and returning to the breakfast table, was very happy at the expense of her husband's credulity. All of which did not

즘 세상에 소원을 들어주는 부적 따위가 어디 있다고 말이에요. 아니 아주 만약에, 그게 가능하다 하더라도, 200파운드가 어떻게 당신을 해칠 수 있겠거요? 안 그래요, 여보?"

"머리 위로 갑자기 떨어진다면 혹시 모르죠." 화이트 부인의 수다에 허버트가 호들갑을 떨며 맞장구를 쳤다.

"모리스는 소원이 아주 자연스럽게 이루어진다고 말했어. 소원이 아니라 그저 우연이 맞아떨어진 것으로 생각될만큼 말이야."

"부디 제가 퇴근하고 돌아올 때까지 만이라도 돈 쓰지 말고 기다려 주세요. 돈독이 오른 아버지가 탐욕스럽고 못된 늙은이로 변해 버릴까 무섭거든요. 의절해야 할 상황까지 가면 우리도 어쩔 수 없다고요."

화이트 부인은 웃으며 출근하는 허버트를 배웅하고 돌아왔다. 허무맹랑한 이야기를 진심으로 믿고 마는 남편의 순수함 덕분에, 가족 간의 행복하고 재미있는 추억이 하나 더 생겼다고. 부인은 그저 그렇게 여겼다. 하

prevent her from scurrying to the door at the postman's knock, nor prevent her from referring somewhat shortly to retired Sergeant-Majors of bibulous habits when she found that the post brought a tailor's bill.

"Herbert will have some more of his funny remarks, I expect, when he comes home," she said as they sat at dinner.

"I dare say," said Mr. White, pouring himself out some beer; "but for all that, the thing moved in my hand; that I'll swear to."

"You thought it did," said the old lady soothingly.

"I say it did," replied the other. "There was no thought about it; I had just - What's the matter? "

His wife made no reply. She was watching the mysterious movements of a man outside, who,

지만 우체부가 찾아와 문을 두드렸을 때 조금은 설레는 마음으로 서둘러 문을 열었고, 도착한 것이 재단사가 보낸 청구서뿐이라는 사실에 다소 실망했으며, 은퇴한 군인의 알코올 중독성 허언증에 관하여 약간은 경솔하게 투덜거렸다.

"허버트가 집어 돌아오면 또 한바탕 놀리겠는데요?" 저녁 식사를 차린 부인이 식탁에 앉으며 화이트 씨에게 물었다.

"그 애라면 툰명 그렇겠지요." 화이트 씨는 자신의 잔에 맥주를 따랐다. "근데 움직였다는 건 진짜요. 내 손 안에서 분명 움직이는 걸 느꼈다고."

"긴장하면 원러 그런 게 느껴지기도 해요." 부인은 또다시 남편을 달랬다.

"정말 움직였다니까. 내가 그냥 그렇게 느낀 게 아니오. 정말 그랬다고. 왜 사람 말을 믿지를… 뭐요, 무슨 일 있소?"

peering in an undecided fashion at the house, appeared to be trying to make up his mind to enter. In mental connexion with the two hundred pounds, she noticed that the stranger was well dressed, and wore a silk hat of glossy newness. Three times he paused at the gate, and then walked on again. The fourth time he stood with his hand upon it, and then with sudden resolution flung it open and walked up the path. Mrs. White at the same moment placed her hands behind her, and hurriedly unfastening the strings of her apron, put that useful article of apparel beneath the cushion of her chair.

She brought the stranger, who seemed ill at ease, into the room. He gazed at her furtively, and listened in a preoccupied fashion as the old lady

부인에게서는 대답이 없었다. 바깥에서 왔다 갔다 주저하며 집 안을 살피고는 들어갈지 말지 고민하는 것처럼 보이는 수상한 남자의 움직임을 주시하고 있었기 때문이다. 남자의 광택 나는 실크 모자와 그럴듯한 차림새를 보고, 부인은 소원으로 빌었던 200파운드를 떠올렸다. 세 번이나 남자는 안으로 들어올 것처럼 현관 앞에 멈추었다가 지나갔고, 네 번째가 되어서야 겨우 손을 뻗어 문을 확 열어젖혔다. 결단을 마친 남자가 힘차게 복도를 걸어들어오는 동안, 화이트 부인은 재빠르게 손을 움직여 뒤로 묶인 앞치마 끈을 풀고 순식간에 벗어 의자 쿠션 밑에 쑤셔 넣었다.

　부인은 불편한 기색이 다분해 보이는 남자를 거실로 들였다. 깔끔하지 못한 거실의 상태와 정원 일을 할 때나 입을 법한 남편의 후줄근한 겉옷에 대하여 양해를 구하는 동안, 남자는 도무지 집중하지 못하고 부인의 눈치만 보았다. 자신이 여자이기 때문에 본론을 이야기

원숭이의 손 | 53

apologized for the appearance of the room, and her husband's coat, a garment which he usually reserved for the garden. She then waited as patiently as her sex would permit for him to broach his business, but he was at first strangely silent.

"I - was asked to call," he said at last, and stooped and picked a piece of cotton from his trousers. "I come from 'Maw and Meggins.'"

The old lady started. "Is anything the matter? " she asked breathlessly. "Has anything happened to Herbert? What is it? What is it? "

Her husband interposed. "There there mother," he said hastily. "Sit down, and don't jump to conclusions. You've not brought bad news, I'm sure sir," and eyed the other wistfully.

"I'm sorry - " began the visitor.

"Is he hurt? " demanded the mother wildly.

하지 못하는 것인가 싶어 부인은 참을성 있게 기다려 보기도 했다. 하지만 남자는 이상하게 느껴질 만큼이나 오랫동안 침묵을 고수했다.

"저는…. 소식을 전하기 위해 왔습니다."

남자가 드디어 침묵을 깼다. 그는 조심스럽게 몸을 구부려 바지에서 삐죽 튀어나온 실밥을 떼어 냈다.

"저는 '모 앤 메긴스'사에서 나왔습니다.'

"네? 우리 허버트의 회사에서요? 허버트에게 무슨 일이 생겼나요? 어떤 일이죠? 혹시 그 아이가 실수라도 했나요?" 부인은 숨도 쉬지 않고 연달아 질문을 던졌다.

그때, 화이트 씨가 조급하게 끼어들었다. "여보, 일단 진정합시다. 진정." 그의 다급한 눈빛이 우물쭈물하는 방문객에게 고정되었다. "앉아서 이야기합시다. 속단하지 말고요. 나쁜 소식은 아니겠지요? 그렇죠?"

"유감스럽습니다…."

"다쳤나요?"

The visitor bowed in assent. "Badly hurt," he said quietly, "but he is not in any pain."

"Oh thank God!" said the old woman, clasping her hands. "Thank God for that! Thank - "

She broke off as the sinister meaning of the assurance dawned on her and she saw the awful confirmation of her fears in the other's averted face. She caught her breath, and turning to her slower-witted husband, laid her trembling hand on his. There was a long silence.

"He was caught in the machinery," said the visitor at length in a low voice.

"Caught in the machinery," repeated Mr. White, in a dazed fashion, "yes."

He sat staring out the window, and taking his wife's hand between his own, pressed it as he had been wont to do in their old courting days nearly

"심하게요." 격렬한 부인의 질문에 남자는 고개를 숙여 수긍하며 조용히 덧붙였다. "지금은… 아픔을 느끼는 상태는 아닙니다."

"오, 주여! 감사합니다! 주여! 감사-."

박수까지 쳐 가며 두 손을 모으고 탄식하던 부인이 남자의 말속에 담긴 불길한 의미를 느끼고는 멈췄다. 도무지 눈을 마주치지 못하는 그를 보며, 부인은 자신의 끔찍한 추측이 사실임을 깨닫고 말았다. 부인은 거친 숨을 내쉬며 초점 없는 눈동자로 남편을 바라보았다. 화이트 씨는 그제야 깨달은 것인지, 부인의 손을 꼭 잡았다.

침묵을 깬 것은 가늘게 흔들리는 방문객의 목소리였다. "기계에 말려들어가 그만…"

"기계에 말려…" 화이트 씨가 멍하게 그의 말을 반복했다. "그렇군요…"

화이트 씨의 멍한 시선이 창밖으로 향했다. 그는 손을 뻗어 부인의 손을 자신의 두 손으로 꼬옥 움켜잡았

forty years before.

"He was the only one left to us," he said, turning gently to the visitor. "It is hard."

The other coughed, and rising, walked slowly to the window. "The firm wishes me to covey their sincere sympathy with you in your great loss," he said, without looking round. "I beg that you will understand I am only their servant and merely obeying orders."

There was no reply; the old woman's face was white, her eyes staring, and her breath inaudible; on the husband's face was a look such as his friend the Sergeant might have carried into his first action.

"I was to say that Maw and Meggins disclaim all responsibility," continued the other. "They admit no liability at all, but in consideration of your son's

다. 마치 40여 년 전, 그녀의 마음을 얻기 위해서 그랬던 것처럼.

"그 아이는 우리의 유일한 보물이오."

"이거…. 참….'

남자는 헛기침을 하며 일어나 천천히 창문을 향해 걸어갔다. 뒤도 돌아보지 않고 기계적으로 메시지를 전달했다. "회사 측에서는 저를 통해 심심한 위로의 말을 전하고자 했습니다…. 저는, 단순히 회사에서 시킨 일을 하는 직원에 지나지 않는다는 사실을 부디 기억해 주시기 바랍니다…."

아무도 답을 하지 않았다. 부인은 숨소리조차 내지 않고 창백한 표정으로 허공을 응시하고 있었다. 화이트 씨의 얼굴에는 그의 친구인 모리스 상사가 첫 전투에서 지었을 법한 표정이 서렸다.

"그리고 제가 전달해야 할 말은… '모 앤 메긴스'사에서는 이번 사고에 대한 모든 책임을 부인한다는 것입니다. 전적으로 사용자의 부주의에 따른 사고였기에 그

services, they wish to present you with a certain sum as compensation."

Mr. White dropped his wife's hand, and rising to his feet, gazed with a look of horror at his visitor. His dry lips shaped the words, "How much? "

"Two hundred pounds," was the answer.

Unconscious of his wife's shriek, the old man smiled faintly, put out his hands like a sightless man, and dropped, a senseless heap, to the floor.

어떤 법적 책임도 질 수는 없겠지만, 그래도 아드님의 지난 공로를 인정하여 약간의 보상을 전달하고자 합니다."

화이트 씨의 두 손에 힘이 풀리며, 그 사이에 있던 부인의 손이 툭 떨어졌다. 남자를 바라보는 화이트 씨의 얼굴이 공포감으로 얼룩덜룩 물들었다. 말라비틀어진 입술이 간신히 단어를 토해 냈다. "얼마…."

"200파운드입니다."

화이트 씨는 부인의 비명조차 듣지 못하고, 마치 앞이 보이지 않는 사람처럼 허공에 손을 뻗으며 그대로 주저앉아 버렸다.

Part III

제 3 장

In the huge new cemetery, some two miles distant, the old people buried their dead, and came back to the house steeped in shadows and silence. It was all over so quickly that at first they could hardly realize it, and remained in a state of expectation as though of something else to happen - something else which was to lighten this load, too heavy for old hearts to bear.

But the days passed, and expectations gave

약 2마일 정도 떨어진 대형 신축 공동묘지에 고인을 안착한 두 노인은 어둠과 적막에 잠긴 집으로 돌아왔다. 모든 과정이 어찌나 빠르게 지나갔는지, 처음에는 무슨 일이 일어났는지 인지조차 하지 못할 것 같았다. 시간이 조금 흐른 뒤에도, 어쩌면 어떤 가벼운 반전이 일어나지는 않을까 하는 기대감이 가슴 한편에서 사라지지 않았다. 그 일은 노쇠한 마음이 감당하기에 너무 무거운 비극이었기에.

그러나 아무 일도 일어나지 않은 채 수일이 흘렀고,

way to resignation - the hopeless resignation of the old, sometimes miscalled apathy. Sometimes they hardly exchanged a word, for now they had nothing to talk about, and their days were long to weariness.

It was about a week after, that the old man, waking suddenly in the night, stretched out his hand and found himself alone.

The room was in darkness, and the sound of subdued weeping came from the window. He raised himself in bed and listened.

"Come back," he said tenderly. "You will be cold."

"It is colder for my son," said the old woman, and wept afresh.

The sounds of her sobs died away on his ears.

기대감은 무심함으로 위장한 체념이 되어 버렸다. 두 노인은 거의 말을 섞지 않았다. 이야깃거리를 잃은 탓이기도 했고, 견딜 수 없을 정도로 지친 매일을 보내고 있는 탓이기도 했다.

약 일주일 후 즈음, 화이트 씨는 한밤중 갑자기 잠에서 깨어났다. 기지개를 켜고 주변을 둘러보니 자신은 방 안에 덩그러니 혼자였다.

어두운 방 맞은편의 창가 쪽에서 흐느껴 우는 소리가 들려왔다. 화이트 씨는 침대에서 몸을 일으키고 앉아 가만히 그 소리를 들었다.

"들어오시오." 화이트 씨가 부드럽게 타일렀다. "날이 춥소."

"내 아들은 지금 더 혹독한 추위 속에 있어요." 부인은 다시 흐느껴 울기 시작했다.

비통한 소리가 그의 귓바퀴 언저리에서 서서히 흐려

The bed was warm, and his eyes heavy with sleep. He dozed fitfully, and then slept until a sudden wild cry from his wife awoke him with a start.

"THE PAW!" she cried wildly. "THE MONKEY'S PAW!"

He started up in alarm. "Where? Where is it? What's the matter? "

She came stumbling across the room toward him. "I want it," she said quietly. "You've not destroyed it? "

"It's in the parlour, on the bracket, he replied, marveling. "Why? "

She cried and laughed together, and bending over, kissed his cheek.

"I only just thought of it," she said hysterically. "Why didn't I think of it before? Why didn't you think of it? "

져 갔다. 침대는 따뜻했고 눈꺼풀이 무거웠다. 그는 곧 살포시 잠이 들었고, 이윽고 깊게 빠져들었는데, 갑자기 터져 나온 부인의 외침에 정신이 확 깼다.

"그 손!!!" 부인이 광적으로 소리쳤다. "그 원숭이의 손이요!!"

"뭐요! 어디?! 무슨 일이오!" 그는 깜짝 놀라서 몸을 일으켰다.

부인이 휘청거리며 방을 가로질러 그에게 달려왔다. "그게 필요해요." 그리고 아주 은밀하게 물었다. "버린 거 아니죠?"

"거실에 두었소. 벽난로 찬장 위에. 근데 갑자기 왜 그러시오?"

화이트 부인의 광기 어린 미소는 이미 눈물로 범벅이 되어 있었다. 부인이 고개를 숙여 그의 볼에 입을 맞췄다.

"이제야 생각이 나다니. 왜 이제야 생각이 났을까요? 왜 당신은 떠올리지 못했죠?"

"Think of what?" he questioned.

"The other two wishes," she replied rapidly. "We've only had one."

"Was not that enough?" he demanded fiercely.

"No," she cried triumphantly; "We'll have one more. Go down and get it quickly, and wish our boy alive again."

The man sat in bed and flung the bedclothes from his quaking limbs. "Good God, you are mad!" he cried aghast.

"Get it," she panted; "get it quickly, and wish - Oh my boy, my boy!"

Her husband struck a match and lit the candle. "Get back to bed," he said unsteadily. "You don't know what you are saying."

"We had the first wish granted," said the old woman, feverishly; "why not the second?"

"아니, 무엇을 갈이오?"

"두 개나 남았잖아요." 흥분한 목소리로 부인이 답했다. "소원. 아직 한 개밖에 안 빌었잖아요."

그의 얼굴이 사납게 굳어졌다.

"그걸로 충분하지 않았소?"

"네." 눈물로 범벅된 부인의 얼굴에 승리의 미소가 서렸다. "하나만 더 빌자고요. 빨리 내려가서 가져와요. 드디어 우리 아들을 다시 볼 수 있어요."

"오, 주여." 그는 침대 위로 뒷걸음질 치며 다리에 걸쳐진 이불을 내던졌다. "당신은 미쳤어!"

그의 얼굴은 경악으로 물들었고, 부인은 숨을 헐떡이며 명령했다. "가져와요. 어서. 오, 우리 아가. 내 아들."

화이트 씨는 그저 일어나 성냥에 불을 긁어 초를 밝혔다. "다시 잡시다." 그의 목소리가 가늘게 떨리고 있었다. "당신은 지금 제정신이 아니야."

"첫 번째는 이루어졌잖아요." 극도로 흥분한 흰자위가 형형하게 빛났다. "또 이뤄질 수 있어요."

원숭이의 손 | 71

"A coincidence," stammered the old man.

"Go get it and wish," cried his wife, quivering with excitement.

The old man turned and regarded her, and his voice shook. "He has been dead ten days, and besides he - I would not tell you else, but - I could only recognize him by his clothing. If he was too terrible for you to see then, how now?"

"Bring him back," cried the old woman, and dragged him towards the door. "Do you think I fear the child I have nursed?"

He went down in the darkness, and felt his way to the parlour, and then to the mantelpiece. The talisman was in its place, and a horrible fear that the unspoken wish might bring his mutilated son before him ere he could escape from the room

"우, 우연이었을 뿐이오." 그는 말을 더듬었다.

"가져와요. 소원을 빌어요." 온몸에 번져 나간 흥분감에 부인은 전율을 느끼고 있었다.

부인을 진정시키려는 그의 목소리가 울렁거렸다. "그 애가 죽은 지 열흘이나 되었소. 그리고…. 그 당시에도 옷으로나 겨우 신원을 확인할 수 있었잖소. 그때도 당신은 쳐다도 볼 수 없을 정도로 끔찍한 모습이었는데, 지금은 어떻게 되었겠소?"

"돌려줘요!" 부인은 울부짖으며 그를 문 앞으로 끌고 갔다. "내 손으로 키운 자식인데, 내가 그 애를 두려워할 것 같아요?!"

그는 어둠 속으로 걸어 내려갔다. 더듬더듬 아래층 거실로, 그리고 벽난로로 발걸음을 옮겼다. 원숭이의 손은 놓아둔 자리에 그대로 있었다. 아직 입 밖으로 내지도 않은 그 소원이 이뤄질지도 모른다는 두려움이 엄습했다. 거실을 탈출하기도 전에 끔찍하게 훼손된 아들

seized up on him, and he caught his breath as he found that he had lost the direction of the door. His brow cold with sweat, he felt his way round the table, and groped along the wall until he found himself in the small passage with the unwholesome thing in his hand.

Even his wife's face seemed changed as he entered the room. It was white and expectant, and to his fears seemed to have an unnatural look upon it. He was afraid of her.

"WISH!" she cried in a strong voice.

"It is foolish and wicked," he faltered.

"WISH!" repeated his wife.

He raised his hand.

"I wish my son alive again."

The talisman fell to the floor, and he regarded it fearfully. Then he sank trembling into a chair as

이 눈앞에 나타날지도 모른다는 두려움에 사지가 마비될 것 같았다. 츨구가 어느 방향인지조차 찾을 수가 없었다. 이마에는 땀이 송골송골 맺혔고, 거기서 느껴지는 공기가 차가웠다. 그는 테이블과 벽을 더듬거리며 한참을 헤맸고, 정신을 차려 보니 저주받은 그 물건이 손에 들려 있었다.

그를 기다리는 부인의 얼굴이 기대감으로 하얗게 상기되어 있었다. 두려움 때문인지 그 표정이 그저 기괴하게만 보였다. 그는 부인이 진심으로 두려웠다.

"어서!"

"정신 나간 짓이오! 이건 저주받은 물건이라고!"

"소원을 빌어요!"

광기와 눈물로 범벅된 목소리가 울려 퍼졌고 그는 주저하며 저항했다. 하지만 결국은 손을 들고 말았다.

"내 소원은… 우리 아들이 다시 살아나는 거야!"

겁에 질린 눈동자가 바닥으로 떨어지는 원숭이의 손을 좇았다. 힘이 풀린 그의 몸이 의자 위로 쏟아져 내

the old woman, with burning eyes, walked to the window and raised the blind.

He sat until he was chilled with the cold, glancing occasionally at the figure of the old woman peering through the window.
 The candle-end, which had burned below the rim of the china candlestick, was throwing pulsating shadows on the ceiling and walls, until with a flicker larger than the rest, it expired.

The old man, with an unspeakable sense of relief at the failure of the talisman, crept back to his bed, and a minute afterward the old woman came silently and apathetically beside him.

Neither spoke, but lay silently listening to the ticking of the clock. A stair creaked, and a squeaky

렸다. 부인은 눈을 형형하게 번뜩이며 창가로 뚜벅뚜벅 걸어가 커튼을 걷었다.

화이트 씨는 온몸이 차갑게 굳어질 때까지 멍하게 앉아 있었다. 간혹, 부인에게로 시선을 옮겼지만, 부인은 요동없이 서서 창 밖을 바라볼 뿐이었다.

촛대의 바닥이 보일 정도로 거의 다 타들어간 초는 촛불을 흔들며 방의 바닥과 천장에 신명나게 일렁이는 붉은 그림자를 만들어냈다. 시간이 흘러 촛불은 커다랗게 번뜩이더니 마침내 꺼지고 말았다.

화이트 씨는 주술이 실패로 돌아갔다는 생각에 형용할 수 없는 안도감을 느끼고는 침대로 돌아가 누웠다. 그리고 잠시 후. 부인 역시 모든 감정을 잃어버린 사람처럼 고요히 다가와 그의 옆자리에 누웠다.

누구도 입을 열지 않았다. 둘은 고요 속에 누워 하염없이 흐르는 시곗바늘 소리를 들었다. 쥐가 요란스럽게

mouse scurried noisily through the wall.

The darkness was oppressive, and after lying for some time screwing up his courage, he took the box of matches, and striking one, went downstairs for a candle.

At the foot of the stairs the match went out, and he paused to strike another; and at the same moment a knock came so quiet and stealthy as to be scarcely audible, sounded on the front door.

The matches fell from his hand and spilled in the passage. He stood motionless, his breath suspended until the knock was repeated. Then he turned and fled swiftly back to his room, and closed the door behind him. A third knock sounded through the house.

"WHAT'S THAT?" cried the old woman, starting up.

벽을 타고 찍찍 스리를 냈고 계단도 삐걱거렸다.

방을 잠식한 어둠에 질식해 버릴 것 같은 밤이었다. 마지막 용기를 짜낸 화이트 씨가 초를 가지고 오기 위해 몸을 일으켰다. 그는 성냥불 하나를 의지하여 아래층으로 내려갔다.

마지막 계단을 밟았을 때 성냥불이 꺼지고 말았고, 새로운 성냥을 꺼내기 위해 그가 잠시 움직임을 멈춘 그 순간, 누군가가 현관을 두드리는 아주 미약하고 비밀스러운 소리가 들려왔다.

성냥이 그의 손에서 툭 떨어져 복도에 뿔뿔이 흩어졌다. 그의 온몸이 얼어붙었고 숨까지 턱 막혔다. 고요 속에서 다시 한 번 노크 소리가 들려온 그 순간, 그는 그대로 뒤를 돌아 몸을 날려 재빠르게 방으로 돌아갔다. 마치 무엇인가 따라오기라도 하는 것처럼, 그는 방문을 쿵 닫았다. 잠시 후, 작지만 확실한 노크 소리가 온 집 안에 울렸다.

"뭐였어요?" 브인이 소스라치게 소리쳤다.

"A rat," said the old man in shaking tones - "a rat. It passed me on the stairs."

His wife sat up in bed listening. A loud knock resounded through the house.

"It's Herbert!"

She ran to the door, but her husband was before her, and catching her by the arm, held her tightly.

"What are you going to do?" he whispered hoarsely.

"It's my boy; it's Herbert!" she cried, struggling mechanically. "I forgot it was two miles away. What are you holding me for? Let go. I must open the door."

"For God's sake don't let it in," cried the old man, trembling.

"You're afraid of your own son," she cried struggling. "Let me go. I'm coming, Herbert; I'm

"쉿." 그의 목소리가 다시금 떨리고 있었다. "계단에서…. 보았소."

부인은 침대에서 몸을 일으켜 앉아 소리에 집중했다. 희미했던 노크 소리가 조금 더 크게 울렸다.

"허버트예요!"

그는 문 쪽을 향해 몸을 날리는 부인을 끌어안아 자신의 품에 가두고 갈라지는 목소리로 애원했다.

"제발 그만합시다. 어쩌려고 그러오."

"우리 아들이잖아요! 허버트라고요!" 부인은 이미 이성을 잃은 것처럼 몸부림쳤다. "맞아, 허버트는 2마일이나 떨어진 곳에 있었잖아요. 왜 말려요? 놔줘요! 문을 열어 줘야 해."

"제발! 제발, 제발 들이지 맙시다."

그는 부인을 움켜잡고 애원했고, 부인은 온 힘을 다해 저항하며 울부짖었다.

"지금 당신 아들을 두려워하는 거야? 당신 아들이잖아! 나를 놔줘! 제발! 지금 나갈거, 허버트! 엄마가 나

coming."

There was another knock, and another. The old woman with a sudden wrench broke free and ran from the room. Her husband followed to the landing, and called after her appealingly as she hurried downstairs.

He heard the chain rattle back and the bolt drawn slowly and stiffly from the socket. Then the old woman's voice, strained and panting.

"The bolt," she cried loudly. "Come down. I can't reach it."

But her husband was on his hands and knees groping wildly on the floor in search of the paw.

If only he could find it before the thing outside got in.

A perfect fusillade of knocks reverberated

갈게!"

다음, 또 그 다음번 노크 소리가 들렸다. 순간적으로 몸을 비틀어 빠져나간 부인은 재빠르게 방 밖으로 달려 나갔다. 그가 층계를 따라 내려가며 멈추라고 고래고래 소리를 질렀지만 소용없는 일이었다.

손잡이 옆 자물쇠가 철거덕 열리는 소리가 들렸고, 현관 가장 위쪽 빗장이 소름 끼치는 소리를 냈다. 부인은 부자연스럽지 숨을 할근거리며 울부짖었다.

"빗장이…! 여보! 내려와 봐요! 나는, 손이 닿지를 않아요!"

그러나 그는 두 손 두 발로 기고 더듬거리며 떨어트린 원숭이의 손을 찾고 있었다.

'제발, 밖의 그것이 안으로 들어오기 전에 찾기만 한다면.'

제법 강력하게 두드리는 노크 소리가 온 집 안에 빗발치듯 울렸다. 손이 닿지 않는 빗장을 열기 위해서 부

through the house, and he heard the scraping of a chair as his wife put it down in the passage against the door. He heard the creaking of the bolt as it came slowly back, and at the same moment he found the monkey's paw, and frantically breathed his third and last wish.

인이 의자를 끌그 현관으로 향하는 소리도 들렸다. 위쪽 빗장이 천천히 움직였고, 달칵, 잠금이 풀리는 소리가 들렸다. 그 순간, 원숭이의 손이 그의 손에 잡혔다. 오랫동안 참아 온 날숨과 함께, 그는 세 번째 소원을 내뱉었다.

The knocking ceased suddenly, although the echoes of it were still in the house. He heard the chair drawn back, and the door opened. A cold wind rushed up the staircase, and a long loud wail of disappointment and misery from his wife gave him the courage to run down to her side, and then to the gate beyond. The streetlamp flickering opposite shone on a quiet and deserted road.

노크 소리는 순식간에 뚝 끊어졌다. 하지만 그 메아리가 아직도 온 집 안에 울렸다. 현관에 기대어 놓았던 의자를 다시 옮기는 소리가 들렸다. 끼익- 문이 열렸다. 순식간에 빨려들어온 차가운 공기가 층계를 휩쓸고 올라갔다. 그리고 이어지는 것은 찢어지는 통곡. 실망과 고통을 싣고 길게 늘어지는 부인의 절망 소리에 그는 용기를 얻어 층계를 걸어 내려갔다. 부인을 지나쳐 문밖으로 나간 그를 맞이한 것은, 고요하고 황량한 거리를 껌뻑이며 비추는 가로등뿐이었다.

저자 소개와 해석

William Wymark Jacobs
윌리엄 위마크 제이콥스
(1863~1943)

+ 저자 소개

　윌리엄 위마크 제이콥스는 1863년 런던 근교의 작은 마을에서 태어났다. 아버지가 부두 관리인이었기에 그는 부둣가에서 어린 시절을 보냈는데, 이 시간은 그의 작가 인생에 커다란 자산이 된다. 바다를 누비는 탐험가를 꿈꾸며 자랐지만, 그는 경제적 어려움을 겪는 집안의 장남이었기에, 학교를 졸업한 직후 16살이라는 어린 나이에 우체국 공무원으로 일하기 시작했다.

　자신의 취미를 살려 부가적인 수입을 얻고자 했던 제이콥스는 신문사와 잡지사에 단편 소설을 기고하기 시작했다. 그의 초기 작품은 대부분 어린 시절 부둣가에서 만났던 선원들이 주인공으로 나오는 유쾌한 해상 모험기였다. 그리고 1896년, 그의 단편 소설을 모은 첫 책 『Many Cargoes』가 발간되었다.

　첫 책이 발간된 이후 1896년부터 1914년까지 제이콥스는 거의 매년 한 권 이상의 책을 출간하며, 자신의 이름과 익명으로 158편이 넘는 단편 소설을 발표했다. 1916년 이후로는 자신이 이전에 집필한 소설을 연극 극본으로 재구성하는 작업에 열중했다.

그의 가장 유명한 작품은 『The Lady of the Barge』에 수록된 「원숭이의 손」이다. 간결한 줄거리와 생동감 있는 단어 사용, 그리고 다채로운 비유와 강렬한 교훈으로 수십 년간 사랑받아 온 이 작품은 1980년 미국 <워싱턴 포스트>에 의해 '근대 영미문학 걸작 50편'에 선정되며 더욱 유명해졌다. 단편 소설의 인기가 이렇게 오래도록 지속되는 것은 이례적이다. '세 가지 소원'을 주제로 한 이 짧은 이야기는 한 세기가 넘는 시간 동안 문학, 연극, 만화, 영화 등의 분야에서 회자되고 각색되어 왔으며, 스티븐 킹의 소설 『애완동물 공동묘지』 역시 「원숭이의 손」에서 영감을 받은 것으로 알려져 있다.

「원숭이의 손」은 가볍고 유쾌한 주제를 다루던 제이콥스의 첫 번째 공포 장르 소설이다. 이후에 비슷한 분위기의 작품이 나오기도 했지만. 급격히 달라진 글의 분위기 때문에 처음 출간되었을 때에는 제이콥스의 오랜 팬들도 무엇이 그런 변화를 불러낸 것인지 의아해했다고 한다. 이야기 속에서 '원숭이의 손'은 인도의 주술사가 운명은 거스를 수 없고 바꾸려는 사람에게는 더한 불행이 찾아올지 모른다는 교훈을 주기 위해서 만든 일종의 부적이다. 당시 그의 나이가 39살, 직장 생활을 한 지 23년째였다는 사실을 볼 때, 이 이야기는 주어진 삶을 착실히 살아내고 있던 제이콥스 자신에게 주는 위안의 메시지는 아닐까 생각해 본다.

천국에 만족하지 못한 이에게는 지옥만이
옮긴이의 해석 #1

하나님은 사람을 빚었고 원하는 것은 무엇이든 얻을 수 있는 에덴동산을 선물했다. 그 대가로 사람은 하나님을 무조건 따라야 했고, 얻게 된 것을 마음껏 누려야 했으며, 크게 만족해야만 했다. 그들이 누릴 수 있는 최대의 자유는 창조주가 만든 울타리 안에서만 존재했고, 의심과 호기심은 금지되었다.

화이트가의 거실에는 애정과 웃음이 넘쳐흐른다. 벽난로가 따스하게 온 거실을 비춘다. 부적을 얻은 화이트 씨가 더 바랄 것을 찾지 못할 정도로, 그들에게는 부족함이 없다. 그럼에도 불구하고 호기심이 인다. 동방의 주술은 정말로 존재하는 것인지, 소원을 들어줄 만큼이나 강력한 것인지 의심한다.

그들의 작은 천국인 거실은 외부에 노출될 때마다 조

금씩 깨진다. 호기심에 들여온 외부의 물건으로 인해 실내는 차가운 바깥 공기에 잠식된다. 커튼이 굳게 닫혀 있던 창 너머는 춥고 음습한 진창이었기에.

　금단의 열매를 먹고 에덴동산 밖으로 쫓겨난 아담과 하와처럼, 화이트 씨와 화이트 부인은 자신들의 작은 천국을 잃었다. 믿음을 지키지 못하고 이종교에 호기심을 품은 대가로.

　단순히 추방을 당한 이들은 천국을 꿈꿀 수 있다. 하지만 화이트가의 천국은 바스러졌고, 춥고 음습한 공기로 가득 채워지고 말았다. 아들을 살려 천국을 되돌려 달라는 소원을 이방의 신에게 빌었기에, 그들은 자신들의 천국을 한 번 더 확실하게 잃고 말았다.

신중하라는 그 말
옮긴이의 해석 #2

모리스 상사가 집에 도착하자마자 화이트 씨는 애도의 말을 전한다. 그 집에 오기 전에 모리스는 어떤 일을 겪은 것일까? 심지어 그는 자신이 빈 소원 세 개를 모두 이루었다고 하는데. 어쩐지 불길하다.

모리스는 자신에게는 무용지물이 된 원숭이의 손을 화이트 씨에게 넘겨준다. 그리고 거듭 당부한다. 태워 버리라고. 만약 소원을 꼭 빌어야겠다면 신중히 하라고.

애초에 원숭이의 손에 기적이 깃든 것은 인도의 길거리 수도승이 주술을 걸었기 때문이라고 했다. 수도승이 주술을 건 이유는 운명이 이끄는 대로 삶을 받아들이라는 교훈을 알리기 위해서라고 했다.

램프의 지니가 나타나 소원 세 개를 말해 보라 한다

면 무엇을 빌 것인가. 이러한 가상의 질문들 우리는 해 본 적이 있고, 최고의 만족감을 가져올 답변을 준비해 두었다. 그런데 소원을 말해 보라고 하는 지니가 아니라 원숭이의 손이라면?

  이미 비극을 위해 준비된 물건이라면, 아무리 신중히 한들 소원으로 인하여 득을 볼 수 있기는 한 걸까? 도대체 무슨 소원을 어떻게 빌어야 비극을 피해 갈 수 있을지 나는 도무지 모르겠다.

운명과 선택의 전쟁
옮긴이의 해석 #3

　아무것도 없는 세상에 '하나'가 존재하기 시작했다. 그는 세상의 단 하나이고 유일하며 그 세상 그 자체이다. 완벽하게 아무것도 없는 세상을 상상하기란 어렵다. 하지만 하나 만이 존재하는 세상은 쉽게 그려진다. 눈을 감으면 펼쳐지는 어둠의 세계, 그곳에는 나 혼자만이 존재하기 때문이다. 그 검은 세상은 나의 세계이며, 그곳에서 나는 단순히 떠올리는 것만으로도 무엇이든지 창조할 수 있다. 말하자면, 하나가 된 나는 신과 같아진다.

　'하나'는 어떠한 세상에서 스스로 시작된 존재이다. '신'이라는 이름으로 불리기도 한다. 동시에 거부할 수 없는 운명을 의미할 수도 있다. 아무리 신이라 할지라도, 존재의 시작을 선택할 수 없고 지정할 수도 없기에. 그 시작은 그저 무에서 유가 되는 과정에 필연적으로 일어나는 운명일 뿐이다. 역설적이지만, 스스로 시작된 신이라는 존재는, 우리가 상상할 수 있는 가장 필연적이고 절대적인 운명을 의미하기도 하는 것이다.

눈을 감으면 생겨나는 검은 세상이 있다. 그 세상의 유일한 존재이자 전지전능한 존재인 나는 나의 형상을 닮은 작은 여자아이를 만든다. 그 아이가 생겨난 순간부터, 그 아이를 통하여서 나는, 그 세상에서 실존하게 된다. 그 세계는 실존하게 된다. 그 아이가 나의 존재를 증명할 것이고, 내가 그 아이의 존재를 증명할 수 있으니까. 적어도 그 검은 세상 안에서 우리는, 실존하게 된다.

이렇게, '하나' 홀로 존재할 수 없다. '둘'이 그 존재를 증명해야만 비로소 실존할 수 있는 것이다. 그래서 '둘'은 존재의 시작을 의미하며, 존재하는 상태 그 자체를 의미하기도 한다.

    그렇다면 세 번째 존재가 생겨나면 어떨까. '하나'라는 신이 있는 세상에 '둘'이라는 첫 번째 피조물이 만들어지고, '셋'까지 만들어진다면? 신과 피조물은 서로를 필요로 한다. 실존하기 위해서는 서로가 존재의 증인이 되어야 하니까. '둘'은 필연적으로 자신의 창조신에게 종속될 수밖에 없다. 그가 정해 주는 운명을 따를 수밖에 없다. 존재하려면 그가 필요하기에. 하지만 '셋'의 등장 이후에는 달라진다. 두 피조물은 이제 선택할 수 있다. '둘'과 '셋'은 서로의 존재를 증명할 수 있게 되었다. 그들은 이제 창조신으로부터 독립을 선택 할 수 있다.

    「원숭이의 손」은 숫자 3의 소설로 유명하다. 세 명의 가족. 세 명의 손님. 세 명의 수혜자. 세 개의 소원. 소설을 읽으면서 '3'이 몇 번이나 등장하는지 세어 보면 놀랄 것이다. 모리스 상사가 원숭이의 손을 화이트 씨에게 건네기 전, 소원을 빌기 전 신중히 하라는 당부를 세 번 거듭했다. 하지만 그들을 비극으로 이끈 것은 무엇인가? '셋'이 아니라 '하나'가 아니었던가? 소원을 빌 때도, 무언가에 홀린 듯 단숨에 결정하지 않았던가?

처음 읽었을 때는 이 이야기가 운명에 순응하라는 메시지를 담고 있는 줄 알았다. 기적을 바라지 말고 가진 것에 감사하라는 그런 진부한 교훈을 담고 있다고 생각했다. 하지만 어쩌면 이 이야기는, 인간에게 쏟아지는 필연적인 운명과 비극에 관한 이야기이며, 그 필연적 비극에도 불구하고 독립하고 자립하기 위해 부단히 애쓰는 우리네 삶에 대한 비유일지도 모르겠다.

예술가가 사랑한 소설
옮긴이의 해석 #4

 여러 번 각색되어 온 탓일까. 「원숭이의 손」은 그다지 새롭게 느껴지지 않는다. 찾아보니 여러 연극과 영화에서 줄거리를 그대로 사용한 것은 물론이고, 그림이나 행위 예술로도 각색되어 왔다. 나조차도 이 이야기를 읽고서 '재구성해 보고 싶다!'라는 생각이 강하게 들었다. 하지만 어쩐지 내 주변에 이 원작을 읽어 봤다는 사람은 별로 없다. 이 정도면 이 작품은 일반 대중에게 널리 읽혀 왔다기보다는 예술가들에게만 사랑받아 온 것이 아닐지 생각이 든다.

 뭐가 그렇게 특별한 걸까.

 '원숭이의 손'을 가진 사람은, 이 부적을 치켜들고 그저 외치기만 하면 소원을 이룰 수 있다. 본문 중 화이트 씨는 생각만으로도 소원이 이루어질 것 같은 공포를 느끼기도 했다. 그야말로 기적이다.

  이러한 기적을 일으키는 사람들이 있다. 바로 창조자들이다. 그들이 머릿속에 그린 것들은 언어, 그림, 음악, 영상 등의 여러 형태로 세상에 나타난다. 그들은 자신의 창작물을, 우리 다 함께 얽혀 살아가는 세상에 풀어놓는다. 그로 인하여 세상이 어떻게 변화될지도 모르고.

  내가 원숭이의 손을 가지게 된다면 무슨 소원을 빌어야 할지 생각해 보았다. 처음에는 단순하게 돈, 명예, 건강 이렇게 세 가지를 꼽았다. 하지만 어떠한 대가를 치르게 될지 모른다는 이야기를 읽고 나니, 그 어떤 소원도 빌 수 없게 되었다. 허공에 내던져진 나의 소원이 어떤 방식으로 이루어지며 나의 뒤통수를 칠지 두려워졌기 때문이다. 소원 성취의 부작용을 여러 방면에서 깊이 생각한다면 그 누구도 소원을 빌 수 없겠구나, 하고 나는 생각했다.

예술도 마찬가지 아닐까. 사진이 만들어 낸 예술이 이 세상에 나간 후 어떠한 영향력을 발휘할지 고민하다 보면 그 어떤 것도 내보일 수 없게 된다. 창작을 할 때는 작은 설렘과 기대로 가득할 것이다. 마치 원숭이의 손을 자랑스럽게 하늘로 치켜들고 소원을 외치는 그 순간처럼 말이다. 하지만 그 순간 '만약에…?'가 떠오른다면 창작자가 할 수 있는 것은 둘 중 하나다. 경고를 무시하거나, 창작물을 숨겨 두거나. 한번 내뱉은 소원을 다시 주워 담을 수 없는 것처럼, 창작물을 누군가가 봐 버린 이후에는 돌이킬 수 없기 때문에.

「원숭이의 손」은 공포 소설로 분류되어 있다. 하지만

공포보다는 비극 소설에 가까운 것 같다. 자식이 제명을 다하지 못한 것만 해도 비극인데, 그 비극을 유발한 사람이 바로 자신이라니. 한평생을 집착해 온 소원에 자식이 희생되어도 참을 수 없을 텐데, 부적의 기능을 시험하기 위해 던진 장난 같은 소원에 자식이 죽어 나가다니. 그리고, 그 소원으로 자식을 한 번 더 죽일 결정을 해야 하다니.

 가슴 아픈 비극에도 불구하고 이 소설이 거듭 각색되어 온 이유는 뭘까. 어쩌면 이 이야기 자체가, 창작물을 세상에 선보일 때 예술가들이 느끼는 그 두려움과 공포감을 비유로 나타내었기 때문은 아니었을까.

"It is what you read when you don't have to

that determines what you will be

when you can't help it."

−Oscar Wilde

"아무것도 할 수 없는 절망에 빠진 사람이
어떤 모습으로 변할지 결정하는 것은
지난날 쓸데없이 읽었던 것들이다."
- 오스카 와일드

「원숭이의 손」이 언급되는 작품들

문학

- Stephen King 『Pet Sematary』
- Ralph Lagana 『The Monkey's Paw Trilogy』
- Johnny Mains 『I Wish』
- Benedict Jacka 『Cursed』
- Jodi Taylor 『White Silence』
- Lauren Myracle 『The Corsage』

영화

- Patty Jenkins 『Wonder Woman 1984』
- 윤재연 『여고괴담 3: 여우계단』
- Brett Simmons 『The Monkey's Paw』
- James Henschen 『Tribalfilm』
- Mary Lambert 『Pet Sematary』
- Bhusan Dahal 『Kagbeni』
- John R. Leonetti 『Wish Upon』
- Aaron Pagniano 『We Got a Monkey's Paw』

음악
- Vocaloid 「Aimless Imitation Chair Stealing Game」
- Electric Hellfire Club 'The Monkey's Paw'
- Smalltown Poets 'Monkey's Paw'
- Warren Zevon 'Genius'

티비시리즈
- The Simpsons 「Treehouse of Horror II」
- The X-Files 「Je Souhaite」
- Buffy the Vampire Slayer 「Forever」
- Zee Horror Show 「Taveez」
- Inside No.9 「Tempting Fate」
- Adventure Time 「Jake the Dog」
- I Am Weasel 「The Baboon's Paw」
- Are You Afraid of the Dark? 「The Tale of the Twisted Claw」
- The Twilight Zone 「The Man in the Bottle」
- Ripping Yarns 「The Curse of the Claw」

https://en.wikipedia.org/wiki/List_of_adaptations_of_The_Monkey%27s_Paw

참고자료

Https://www.fantasticfiction.com, Webmaster@fantasticfiction.com -. "W W Jacobs." Fantastic Fiction, www.fantasticfiction.com/j/w-w-jacobs/.

Indrawan, Zunus. "THE THE ANALYSIS OF 'TONE' IN THE MONKEY'S PAW BY W.W.JACOBS." Literary Criticism , 3 Aug. 2019.

Interesting Literature. "'The Monkey's Paw': A Short Summary of W. W. Jacobs' Short Story." Interesting Literature, 8 Jan. 2020, interestingliterature.com/2019/08/the-monkeys-paw-a-short-summary-of-w-w-jacobs-short-story/.

"List of Adaptations of The Monkey's Paw." Wikipedia, Wikimedia Foundation, 29 Dec. 2020, en.wikipedia.org/wiki/List_of_adaptations_of_The_Monkey%27s_Paw.

"The Monkey's Paw - Study Guide." The Monkey's Paw Study Guide, americanliterature.com/the-monkeys-paw-study-guide.

"The Monkey's Paw." Wikipedia, Wikimedia Foundation, 4 Jan. 2021, en.wikipedia.org/wiki/The_Monkey%27s_Paw.

Sood, Vidhi. "W. W. Jacobs' The Monkey's Paw, Revisited." The London Magazine, 11 Mar. 2020.

SparkNotes, SparkNotes, www.sparknotes.com/short-stories/the-monkeys-paw/.

Syam, Andi Tenrisanna. Ahmad Dahlan Journal of English

Studies (ADJES), 2017, A Discourse Analysis of American Folktale "the Monkey's Paw."

"Tension Created In The Monkeys Paw English Literature Essay." UKEssays.com, www.ukessays.com/essays/english-literature/tension-created-in-the-monkeys-paw-english-literature-essay.php#citethis.

ThingLink. "'The Monkey's Paw' -Setting by Haley Kearney." ThingLink, www.thinglink.com/scene/453741296499032065.

"W. W. Jacobs." Wikipedia, Wikimedia Foundation, 27 Dec. 2020, en.wikipedia.org/wiki/W._W._Jacobs.

Wood, Gus. "The Eternal Grip of Creepshow's 'Night of the Paw' (S1E5)." Horror Obsessive, 25 Oct. 2019, horrorobsessive.com/2019/10/24/the-eternal-grip-of-creepshows-night-of-the-paw-s1e5/.

"WW Jacobs." Deadtree Publishing, www.deadtreepublishing.com/pages/w-w-jacobs.

김규나. "[김규나 칼럼] 원숭이 발." 펀앤드마이크, 30 July 2019.

이근미. "[소설가 이근미와 떠나는 문학여행] (57) 윌리엄 위마크 제이콥스 "원숭이 발"." 한국경제신문, 3 Apr. 2017.

읽고 함께 나눠요!

「원숭이의 손」은 결말에 대한 해석이 열려 있는 작품입니다. 숨겨진 비유와 은유를 찾아내는 재미가 있으며, 다양하게 각색되어 온 이야기이기도 합니다. 여러분의 감상과 해석 또는 각색을 들려주세요. 매월 다섯 분을 선정하여 문화상품권 [1만원]을 드립니다.

메일 주세요 → monthly@naerora.com
네이버 카페 → naeroras.com
인스타 태그 → @naerorabooks